Kiitos Piia ihanista pitkistä teehetkistä

2015 Tanja Räsänen

Kustantaja: BoD – Books on
Demand, Helsinki, Suomi

Valmistaja: BoD – Books on
Demand, Norderstedt, Saksa

ISBN: 9789523189775

1

Astiat kilisevät äidin kattaessa pöytää hermostuneena. Me molemmat vilkuilemme kelloa salaa. Kumpikaan ei puhu siitä. Jos se on vaikka vaan myöhässä - yritän valehdella itselleni. Aika moni ekaluokkalainen varmaan valheen uskoisi, mutta kokemuksesta tiedän paremmin.

Korson kerrostalolähiön rappukäytävästä kuuluu kuinka isä yrittää löytää avaimelle paikkaa.

-Miten sä oot tossa kunnossa?! Äiti katsoo isää pettyneenä. Eteisessä seisoo isä laukun kanssa tukevasti horjuen. Ei siis osannut suoraan kotiinsa matkatöistä tänäkään perjantaina.

-No moi... Käytiin tossa kahvilla Hannun kanssa. Hmm ja piru ku kusettaa! Olis pitänyt jättää se kahvi juomatta...

-Kahvi joo! Sehän se noin kusettaa! Me syödään nyt!

-Joo joo... Kusettaa... Hei!

Isä katsoo mua. Sen silmät näyttää tyhmältä. Ja se haisee pahalle.

-Moi. Äiti on tehny kalakeittoa.

-Aha. Mä meen vessaan.

Isä irvistelee pikkuveljelle ohi mennessään.

Takki tippuu lattialle. Seuraan äitiä keittiöön. Keittiössä on hiljaista. Isä viipyy vessassa tosi kauan. Ollaan jo melkein syöty, kun isä istuu pöytään.

-Äiti tekeekin tosi hyvää kalakeittoa... Sanat tippuvat hitaasti isän suusta. Äiti tuijottaa ulos ikkunasta. Liemi valuu pitkin isän suupieltä.

-Pyyhi ny edes suus! Äiti huutaa viskaten isälle servetin.

-Mitä sä oikeen huudat!

-No perhana! Kun tulee tommoseen kuntoon kahvista!

-Muutaman kaljan join tossa matkalla, kun oli niin kuuma. Onko pakko huutaa!?

-Ei huudeta joo! Äiti alkaa korjata pöytää rivakasti.

Tupakka käryää isän sormien välissä. Silmät ovat kiinni - jokohan se olis unessa? Täytyy tumpata tupakka ennen kuin se tippuu...

-Mitä? Joo mä vaan vähän lepäsin. Isä irvistelee ja vetää sauhut tupakasta. Silmät painuu taas kiinni. Pää nojaa käsiin. Jään odottamaan kunnes se on tarpeeksi syvässä unessa. Tuhka tippuu pöydälle.

2

Aurinko paistaa. Tavarat on purettu ja venereissu voi alkaa! Vene tuoksuu hassulle, mutta ihanalle. Isä nauraa ja pelleilee. Autan laittamalla köysiä kuntoon. Olen tosi hyvä siinä. Isä on opettanut. Tuulee. Päästään purjehtimaan. Tölkki lentää mereen.

-Sit osataan takaisin kun seurataan vaan tölkkejä. Isä nauraa. Ohjaan venettä ja isä neuvoo. Katson välillä merikorttia.

-Käyppäs Tanja nostaa purjeet. Tämähän on purjevene! Isä naurahtaa.

Nousen ylpeänä kannelle. Tuuli puhaltaa kasvoihin. Nauttien ryhdyn avaamaan isopurjetta.

-Nytkö te nostatte purjeen? Mulla on vielä perunat levyllä! Äiti nousee katsomaan luukusta.

-Tää on purjevene! Tuotko yhden napanderin?

-Tää vene on Tanja sit ihan yhtä paljon sun kun munkin! Mut sille viimeiselle purjehdukselle mä en ota sua mukaan. Mua te että mihinkään vanhainkotiin tai sairaalaan saa. Mä meen veneen mukana! Isä sanoo totisena.

Kone sammutetaan. Hiljaista. Veneen kyljissä kohisee. Vene kallistuu.

Tunnen kuinka tuuli tarttuu purjeisiin ja vene nousee veden päälle. Istun perässä katse kaukaisuuteen. Isä tietää ja osaa. Se pitää huolta, että kaikki menee niin kuin kuuluukin.

-Pidä tyyriä. Käyn kusella. Isä menee sisälle. Minä olen yksin vastuussa.

Äiti nousee luukusta.

-Tiedätkö mihin ohjaat?

-No tiedän!

Äiti sytyttää tupakan ja istuu viereeni.

-Kohta syödään. Jos isä syö ensin niin pärjäätkö?

-Pärjään. Annatko keksin?

Isä nousee hyräillen istumalaatik-koon.

-Oi kaunis nainen, saanko luvan? Isä kysyy tarttuen äitiin ja ottaa tanssi-askeleita.

-Muistatko, kun heitin Pertti Ukko-lan sun etees niskalenkillä?

-Tule syömään siitä. -Äiti nauraa. Musta on kiva katsoa niitä, kun ne on tollasia.

-Mä tiesin heti kun nähtiin tansseissa, että ton tytön otan vaimoksi!

-Joo,joo. Mä laitan sulle lautaselle.

Aamulla meri on aivan tyyni. Koho kelluu vedessä. Taas syö! Ämpärissä on jo monta ahventa. Kohta muut herää ja pilaa kaiken.

-Kato isi! Näytän suurinta ahventa käsissäni.

-Hyvä juttu. Isä sanoo ja istuu grogilasi kädessä.

-Mulla oli kiinni tosi isokin... Ai ei sulla olekaan kuulolaitetta päässä? Isä on täysin kuuro ilman laitetta, vaikka ei se paljon mitään kuule enää senkään avulla. Tai sit se ei vaan halua kuunnella.

-Ai jäikö vielä tippa pullon pohjalle? Juo äkkiä pois, ettei mene pahaksi! Äiti katsoo kiukkuisesti isää.

Esitän pantomiiminä, haluuko isä kalastaa. En halua, että ne tappelee taas. Olen hyvä kääntämään isän huomion muualle.

-Mennäänkö Kasnääsiin? Tuulet sopis siihen suuntaan hyvin, äiti kysyy.

Isä on tuhertanut kuulolaitteen päähänsä.

-Mitä sä sanoit? Vai Kasnääsiin? En mä tiiä. Pitäs tankata tota polttoöljyäkin. Niin että jos mennään Paraisille? Vois käydä kaupassakin siellä.

-Baariin tekis mieli vai?! Eikös me tultu purjehtimaan? Äiti piikittelee.

-Ei sit saatana! Mene ihan minne tykkäät! Tässä on sulle vene! Mene perhana Kasnääsiin! Isä huutaa. Otsa painuu ryppyyn ja suu on tiukasti viivana. Päädymme kahdeksi päiväksi Paraisten vierasvenesatamaan.

Kesä on parasta -ja pahinta- aikaa.
Isä on säästänyt vapaat aina kesään.
Me ollaan aina veneellä.

-Tää lammessa asustava käärme nousee täältä lammesta ja käy tän puun takana pissalla ja menee sit takas lampeen. Siinä on sulle paalu-solmu. Isä neuvoo. Musta on kiva tehdä solmuja. Harjoittelen niitä istumakaukalossa. Nauvon satama on kiva paikka. Ollaan Jannen kans-sa käyty jo monta kertaa pelaa-massa minigolfia.

-Iskä kato, kun mä opin uuden tem-pun! Ryhdyn latomaan kortteja pen-kille.

-Iskä! Isi!

-Täh! Isä huutaa laskien kirjan edes-tään. Otsa on rypyssä ja ääni on kiukkuinen.

- Ei mitään! Kerään kortit nopeasti kasaan ja painun keulapiikkiin. Isä jatkaa lukemista. Ei sitä kiinnosta. Puren hammasta ja sekoitan kort-

teja vimmatusti. Sitä ei ikinä kiin-
nosta.

-Katos äiskä, kun lapset laitto
purjeet hienosti kasaan. Ei muuten
ole ikinä ollut yhtä hienosti viikat-
tuna! Isä katsoo mua ja irvistää niin
kuin merirosvo.

Se on meidän juttu. Se vähän niin
kuin korvaa halauk-sen, koska isää
ei saa halata. Yritin joskus, mutta se
työnsi mut kiuk-kuisesti pois. Äitiä
se kyllä halaa.

-Mä oonkin parempi purjehtija kuin
sä! Irvistän takaisin. Olen haljeta
ylpeydestä isän kehuista.

- Enhän mä osaa edes purjehtia.
Nostan vaan rätit ylös ja katon mitä
tapahtuu. Isä vitsailee.

3

Siitä ei puhuta koskaan. Ei siitä ole koskaan ääneen sovittu, mutta kaikki me tiedetään, ettei tästä puhuta. Ei kotona eikä kodin ulkopuolella.

Isä on ihan hyvä mies. Se rakensi itse meidän talon ja veneen. Se käy töissä ja tuo ruokaa pöytään. Eikä se edes lyö meitä. Kerran kännissä se kertoi, että sen isä hakkas sitä aina. Se sano, ettei koskaan tee sitä omille lapsilleen. Eikä se lyö äitiäkään. Mut kyllähän se huutaa ja haukkuu. Välillä yölläkin kuulen, kuinka ne huutaa makkarissa. Ne riitelee "naimisesta". Nyt on taas niitä iltoja, kun riitaa ei voinut välttää.

-Menisit säkin saatana töihin välillä! Et ole maksanut penniäkään tästä talosta! Isä huutaa kännissä.

-Sä sanoit silloin et joo, aloita vaan koulu! Olisit silloin sanonut, et se ei sovi! Äiti huutaa kiukkuisesti.

-Joo niinhän mä sanoin joo! Mut saatana kun sä et tee töitä! Luuletsä et täällä pärjää ilman töitä! Mitä hä!

Janne ei koskaan hermostu, mutta nyt sen pienet kädet puristuu nyrkkiin. Se on vasta alaluokilla, mutta loikkaa isän eteen urheana ja huutaa kovaan ääneen.

-Lopeta! Sä olet väärässä! Sä... sä... perkeleen...!

Mä menen väliin, koska Janne meinaa ihan hyökätä isän päälle. Vien sen pois. Isä jatkaa räyhäämistään.

-Rauhotu! Hei kuuntele mua! Rauhoittelen Jannea pitäen kiinni sen olkapäistä. Poika tärisee raivosta ja kyyneleet valuivat poskilla.

-Sun täytyy odottaa. Janne katsoi minua ihmeissään.

-Sä et pärjää sille vielä. Mut odota vaan. Se vanhenee ja sit kun se on vanha ja tärisevä ukko kepin kaa, niin sit sä pärjäät. Ja vedätkin sit ihan kunnolla turpaan sitä!

-Joo! Janne nauraa ja pyyhkii kyyneliään. Jätän Jannen rauhoittumaan ja menen keittiöön. Isäkin alkaa vähitellen hiljenemään, kun pää alkaa nuokkumaan. Välillä se herää kiroamaan jotain sekavaa.

Välillä öisin, kun isä on ottanut oikein paljon, herään siihen kun se valittaa. Sen huuto on kummallista ja kuulostaa ihan siltä kuin siihen sattuisi kovasti.

Äiti tulee yksin ovesta laukkujen kanssa. Kaikki ei tainut mennä ihan hyvin. Sen verran voin ainakin päätellä äidin olemuksesta.

-Missä iskä on? Kysyn varovasti.

-No putkassa tietysti! Olihan se aivan liikaa kuviteltu, että olis edes yksi laivareissu menny hyvin. Se rupes kittaamaan sitä vahvaa kaljaa jo menomatkalla ja oli ihan taju pois. Ja sit kun jotain tajus, niin alko haukkumaan vieraita ihmisiä. Ja tappeli laivapoliisien kanssa. Tää oli kyl viimeinen reissu, mitä mä teen sen ihmisen kanssa! Äiti kiehuu.

-Ootko sä kunnossa? Kysyn hiljaa. Minua harmittaa äidin puolesta.

-No joo joo! Tietysti! Perkele, kun pitikin luottaa siihen. Kylläpä olin tyhmä taas!

Isä tulee kotiin aamulla. Se näyttää tosi pahalta. Se menee suoraan sänkyyn. Menen varovasti ovelle. Isä huomaa mut. Sen naama on kyynelistä märkä.

-Ne saatanan poliisit hakkas mua koko ajan. Miks mun piti sinne mennä?! Isä huutaa.

-No ei kai ne... Yritän aloittaa varovasti.

- Kyllä muuten hakkas! Ne kaikki saatana yhtä vastaan... Isä kääntyy selkä ovelle päin. Menen hiljaa pois.

-Voiko tulla? Hakkaan nyrkillä pimiön oveen.

-Odota hetki, älä avaa ovea. Isä huutaa oven takaa. Isä on raken- tanut autotallin päätyyn pimiön, jossa se kehittää kuvia.

-Nyt voit tulla., kuuluu hetken pääs- tä. Avaan oven ja astun pimeään.

-Laita ovi kiinni ja tuu kattoo. Pimiössä haisee kummalliset litkut ja seinässä palaa punainen valo.

-Mitä sä teet? Kysyn ja kurkistan isän selän takaa.

-Mä ajattelin kehittää äidille vähän kuvia. Eikös tää olis hyvä? Isä on asettanut negatiivin koneeseen ja pöydälle heijastuu kuva musta ja äidistä. Isällä on negatiivejä monta kansiota.

-Sit huljutat tätä kuvaa siellä kehitteessä ja nostat sitten kiinnitteeseen, isä sanoo pimeästä. Laitan valkoisen paperin astiaan, jossa on kehitenestettä. Heilutan astiaa varovasti. Paperiin ilmestyy kuva. Ensin vähän ja lopulta koko kuva on yllättäen näkyvissä.

-Käytä näitä, kun nostat sen kiinnitteeseen. Isä ojentaa pyykkipojan.

-Äiti pyysi syömään. Sanon katsoen samalla kelloa. Kuvan pitää olla tietty aika eri astioissa.

-Joo. Tehdään tää vielä loppuun ja viedään se sit samalla äitille.

-Voinks mä tulla kehittää kuvia sun kaa kun on syöty?

-Tottakai voit! Isä nauraa. Punainen valo heijastuu isän kasvoihin. Isä on hyvällä tuulella.

-Kato nyt äiti! Tää likka heittää mua niskalenkistä. Isä kaatuu rymisten lattialle.

Se opettaa mua, kuinka painitaan.

-Anna mä heitän uudestaa! Sanon isälle joka makaa lattialla.

-Sä voitit jo, mä luovutan. Isä läähättää.

-Mut harjoittelepas tätä. Isä ottaa tulitikun sormiensa väliin ja punnertaa yhdellä kädellä ottaen samalla tikun suuhunsa. Isä on tosi vahva vaikka onkin aika lyhyt.

-Mä oon vielä hyvässä kunnossa. Vaasan toverit sarja-54, isä rehvastelee.

Yritän matkia isää mutta rämähdän lattialle nauraen. Isäkin nauraa.

Ne on tapellu melkein koko yön. Tai siis isä huutaa ja haukkuu äitiä. Yritän painaa tyynyn korville. Kun isä on tuossa vauhdissa, on parempi pysyä pois jaloista. Aamulla äiti huutaa minua makuuhuoneesta.

-Soita Tanja ambulanssi mulle. Äiti pyytää itkuisena. Se ei ole varmaan nukkunut yhtään.

-Mun päähän sattuu nyt niin paljon, etten kestä tätä enää! Äiti makaa sängyssä ja itkee. Isä istuu olkkarissa uusi pullo kädessä.

- Joo lääkärithän ne on jumalia joo! Niitähän sä uskot! Luulosairas sä oot. Isä kettuilee sohvalta. Ambulanssimiehet vie äitin sairaalaan. Isä jatkaa mongertamistaan.

Seuraavana päivänä me käydään katsomassa äitiä sairaalassa.

-Äiti on sairaalassa nyt jonkin aikaa. Mut kyllä me pärjätään, eiks vaan? Kysyy isä, kun kävellään vierailun jälkeen bussille.

-Joo,, niin pärjätään!

-Ja sit kun ne huomaa, ettei äidissä ole mitään vikaa, vaan se on luulosairas, niin ne päästää sen pois. Isä jatkaa. En jaksa väittää vastaan. Se olisi ihan turhaa. Äidillä on stressistä johtuva kiputila, johon nyt etsitään sopivaa lääkettä. Mutta sitä olisi ihan turha selittää isälle.

6

Istumme pakettiautossa takapenkillä matkalla hautajaisiin. Mummi, eli äidin äiti kuoli. Äidin sisko ja sen mies ja poika on mukana. Matka kestää monta tuntia. Isä juo kotiviiniä ja selittää lakkaamatta. Kukaan ei oikein jaksa kuunnella. On jo pimeää.

-Mitä helvettiä sä teet!? Siskon mies huutaa. Isä on tarttunut äkkiä rattiin. Äiti repii isän pois. Isä yrittää kammeta pystyyn jotain huutaen. Äkkiä on täysi kaaos päällä! Auto pysähtyy tien reunaan.

-Mitä sä oikeen meinaat? Äiti huutaa.

-Mitä! Mitä mä meinaan? En mä mitään. Isä saa sanotuksi.

- Hakataan toi jätkä, saatana! Isä karjuu äkkiä ja rupee huitomaan. Muut tulee auttamaan äitiä. Minä avaan takaoven ja hyppään ulos autosta. Jannella ei ole kenkiä, joten se astelee mun jalkojen päällä. Mennään vähän kauemmas autosta. On ihan pilkkopimeää. Ollaan keskellä ei mitään. Suuret puut tien molemmin puolin. Autosta kuuluu nujakointia. On kylmä.

-Auttakaa mua! Muhun sattuu! Isä huutaa.

-Rauhotu ny saatana jo! Joku vastaa.

-Mä hakkaan teidät kaikki! Isä huutaa täydessä kiukussa. Poliisi vie isän pois ja me jatketaan matkaa.

-Mä en muista mitään eilisestä. Isä sanoo mulle seuraavana aamuna. hautajaisten alussa.

-Mut en mä kyllä ymmärrä miks poliisit piti kutsua?

-¬Sä olit ihan hulluna, isä.

-Aika tyhmä juttu. Mut en mä kyllä

mitään olis tehny. Kuka ne poliisit soitti?

-ihan sama, sanon ja menen kirkkoon. Eihän se tietenkään voi isän syy olla. Eei koskaan.

Kun päästään kotiin, isän valitus jatkuu. Se syyttelee kaikkia muita. Kaikki muut on vaan niin saatanan tyhmiä. Se on tehny veneen ja talon. Se on käyny töissä ja ansainnut rahaa. Kukaan muu ei ikinä tee mitään. Äkkiä mulla palaa pinna.

-Sä et ole ikinä välittänyt mistään tai kenestäkään! Sulle on tärkeää vaan tää talo, vene ja valokuvaus! Vitut sä meistä muista välitä yhtään mitään! Sulle ei kukaan merkkaa mitään vaan sinä ja sinä! Huudan isälle naama punaisena 15-vuotiaan kiukulla. Isä nousee sohvalta ja on äkkiä edessäni. Tartumme toisiamme rinnuksista kiinni ja nyrkit nousee molemmilla. Seisomme siinä. Katsellen toisiamme. Nyrkit valmiina. Äitikin on hiljaa. Kaikki on hiljaa. Odotamme, että toinen löisi ensin. Kumpikaan ei lyö ja päästämme irti. Menen omaan huoneeseen. Itken. Sydämeen sattuu.

7

Paikka on pieni saari jonka vierasvenelaituri on täyttymässä nopeasti. Aurinko paistaa ja ilta on lämmin. Meidän vene on laiturin päässä. Istun veneen laidalla ja nautin siideristä. Äiti ja isä ovat terassilla. Olen täynnä elämää! Tuntuu niin hyvältä, että pelkään räjähtäväni. Nyt olen 18-vuotias ja koko elämä odottaa minua! Otan siiderin mukaan ja lähden laiturille. Musiikki soi. Saan tehdä töitä itseni kanssa, etten ala hyppiä pelkästä ilosta. Äiti ja isä palaavat veneelle. Isäkin on ihan kunnossa. Olen jutellut monien ihmisten kanssa illan kuluessa ja nauttinut hyvästä musiikista. Isä kävelee luokseni.

-Nyt on aika tulla veneeseen. Isä sanoo.

-En mä vielä. Mä jään vielä hetkeksi.

-Ei kun tuu nyt. Aamulla lähetään aikaisin jatkamaan matkaa.

-Mä tuun myöhemmin. Sanon ja katson isää silmiin.

-Nyt! Vene on minun! Ja se lähtee kun mä sanon. Olet sitten mukana tai et.

-En tule! Mä olen nyt täysikäinen, etkä sä voi mua käskeä enää. Sanon kylmästi.

-Luuletko sä olevas maailman napa?! Ihan niinku mutsiskin. Kaikki vaan pitää pyöriä teidän ympärillä, mitä?! Isä huutaa ja tuijottaa minua. Hetken käymme tuijotuskilpailua ja sitten isä kääntyy ympäri ja menee takaisin veneelle kiroillen mennessään. Jään istumaan hiukan syrjään laiturille. Puren hampaani yhteen. Olen vihainen, eikä hyvästä mielestä ole enää tietoakaan. Istun ja kiroan mielessäni isää, kun äkkiä huomaan hänen tulevan takaisin.

-Toi vene on ihan yhtä paljon sun, kuin munkin. Ole vaan ihan niin pitkään ulkona kun haluat. Ei me lähdetä ilman sua, isä sanoo pehmeästi. En osaa sanoa mitään, vaan nyökkään vaan ja katson poispäin.

Isä jättää mut yksin taistelemaan kyyneleitä vastaan. Hitto mä vihaan sitä! Miksi sen pitää pilata kaikki?! Hetken rauhoituttuani kömmin veneeseen nukkumaan.

8

En koskaan muista tunteneeni pelkoa. Vain vihaa ja häpeää. En ole koskaan vihannut ketään toista niin kuin isääni. Toisaalta tiedän hänen varmasti tehneen parhaansa. Isä on vetänyt minua narussa, kuin jojoa. Olen kai aina hakenut hänen hyväksyntänsä. Miksi? Kai ne isän tytöt ovat sellaisia. Olen kiitollinen siitä ettei hän koskaan lyönyt minua, vaikka häntä hakattiin pienenä. Kiitän myös siitä, että hän antoi minulle mahdollisuuden tutustua mereen ja purjehtimiseen. Isä teki aina kovasti raskaita töitä ja oli aina köyhä. Säästettyään tarpeeksi hän sai ostettua uuden perätuupparin pikkuveneeseen, kun vanha oli niin epäluotettava. Soutaminenkin alkoi olla jo liian raskasta isälle. Isä oli niin ylpeä uudesta tuupparista! Kahden viikon päästä se varastettiin. Vakuutus ei korvannut mitään. Vihaisena isä kantoi vanhan Terhimoottorin takaisin rantaan. Se toimi aina välillä.

Oman perheen saatuani koin suunnatonta tarvetta suojella lapsiani. Halusin antaa heille kaiken, eikä kukaan saanut katsoa edes pahasti. Äitinä halusin järjestää kaiken, hoitaa ja varmistaa.

Yhtenä tapaninpäivänä olimme vanhempieni luona. Poikani oli löytänyt jostain kepin ja leikki sillä. Kuulin, kuinka isäni komensi poikaani eteisessä.

-Et sä voi huitoa keppi kädessä. Se voi osua sua silmään, isä sanoi ankaran kuuloisena.

-Anna tänne se keppi! Ryntäsin paikalle kiukkuisena.

-Se on mun poika ja minä komennan sitä, et sinä! Melkein huusin.

-Sitäpaitsi ainahan pojat on leikkinyt kepeillä. Jatkoin vähän rauhallisemmin. Isä yritti jotain väittää vastaan, mutta meni sitten pois. Adrenaliini kuhisi suonissani. En varmasti antaisi sen pahoittaa minun lapseni mieltä. Samana iltana teimme lähtöä kotiin vaikka alkuperäinen tarkoitus oli jäädä yöksi.

-Ette nyt lähtisi. Äiti yritti pyytää.

-En mä jää kattoo tota. Mun ei tarvitse, eikä lastenkaan. Me mennään kotiin. Isä oli hyvässä tahdissa

aloittanut konjakkipullon tyhjen-
nyksen. Näin joulun kunniaksi.

-Kiitos äiti kaikesta. Mä soittelen
huomenna.

-Ikävää kun toi yksi... Äiti kääntyi
katsomaan isää.

-Ei se mitään, äiti. Ei se ole sun vika.

9

Isän kuulolaitteista ei ole ollut
hyötyä niin kauan kun muistan. Aina
on pitänyt huutaa tai kirjoittaa.
Niinpä me ei hirveesti puhuta.
Mutta nyt isä on saanut kallon
sisäisen istutteen, jonka avulla se
kuulee kuin normaali ihminen!

Sen saamiseksi piti käydä läpi
fyysisiä ja psyykkisiä testejä, sekä
pieni leikkaus, jossa laite asen-
nettiin.

-Mikä toi ääni on? Isä kysyy veneessä.

-Se tulee veneen kyljistä, kun vesi osuu siihen. Selitän, kun tajuan mitä isä tarkoittaa.

Satamassa me mennään isän kanssa kävellen kauppaan. Takaisin tullessa istumme puiston penkille ja juomme oluet.

-Tiedätkö, mikä on melko harmiton mustalainen? Kysyn isältä.

-Harmiton mustalainen? No en tiedä.

-Kädetön ja jalaton! Nauran, tajuten, että se on eka vitsi jonka olen ikinä hänelle kertonut.

-Vai semmoinen. Aika rasistinen juttu. Isä nauraa. Me jatketaan matkaa jutellen. Tuntuu hyvältä,

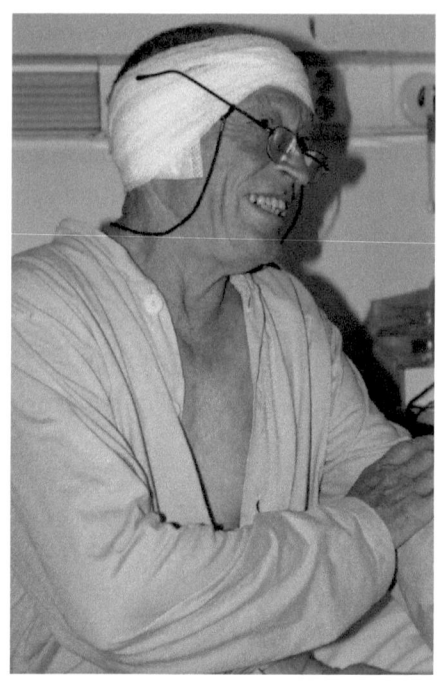

kun voi puhua yhdessä. Yleensä mä
olen vain kuunnellut.

-Puhukaa vaan Junnu-papalle. Nyt se kuulee mitä te puhutte. Selitän lapsilleni. Kumpikaan ei sano mitään. Ei ne oikein osaa sanoa mitään. Ovat niin tottuneet, ettei se kuule.

-Sähän voisit Junnu... Äiti huutaa keittiöstä.

-Älä huuda niin kauheasti, isä sanoo.

Meidän muidenkin on vaikea tottua. Isä kuulee nykyään kaiken. Ja välillä se rasittaa sitä ihan selvästi. Ja onhan varmasti raskasta, kun ensin ei kuule juuri mitään ja sitten yhtäkkiä kuuleekin aivan kaiken.

Olen kertonut teille asioita lapsuudestani, koska halusin jakaa ajatukseni. Voisin kertoa saman-tyylisiä tarinoita vaikka kuinka paljon, mutten halua tylsistyttää jankkaamalla samoja juttuja.

En ole katkera, en enää vihainen. Olen käsitellyt nämä asiat jo. Jos vielä haluat jatkaa lukemista, niin kerron, kuinka juttu jatkuu. Jos minulla vaan olisi ollut joku mahdollisuus jättää väliin tulevat tapahtumat, olisin niin tehnyt. Mutta isällä ei ole enää ketään. Äitinkin se sai viimein karkotettua, vaikka äiti pitkään jaksoikin. En voi sanoa, että olisin osallistunut isäni elämään rakkaudesta. Uskon sen olevan jotain kummallista velvollisuuden tunnetta. Ja tieto siitä ettei sitä kukaan muukaan tekisi. Miksi tekisikään?

Nyt

-Isänne on tuotu tänne viime yönä. Hän on sekava ja harhainen, mutta fyysistä vikaa ei ole. Varmaan delirium-kohtaus. Pidämme täällä jonkin aikaa, kunnes rauhoittavat vaikuttavat ja siirretään sitten Halikkoon jatkohoitoon. Joku lääkäri lataa minulle puhelimessa.

-Okei. Pääseekö sitä katsomaan? Mitä se oli sekoillu, kun se tuotiin sinne?

-Hän oli hakeutunut naapuriin apua hakemaan. Oli kertonut alastomista kommandojoukoista, jotka hyökkäsivät sinisten valojen kanssa. On ollut erittäin vaikea hoidettava täällä ja yrittänyt potkia ja purra. Ei kannata tulla tänne. Teille ilmoitetaan, kun isänne on siirretty Halikkoon psykiatriseen hoitoon.

Ai siis mun isä hullujenhuoneeseen? Ajattelin kyllä soittaa hänelle lääkäriajan, kun se oli jotenkin kummallinen eilen kun kävin. Luuli, että olin käynyt jonkun kanssa hänen kotonaan kuvaamassa?!

Pääsen Halikon suljetulle osastolle vierailemaan. Isää pidetään siellä hoidossa.

-Eikö delirum kohtaus ole sama kuin juoppohulluus? Isä ei ole pystynyt juomaan, kuin muutaman kaljan enää pitkään aikaan, kun se jo sammuu. Se ei kyllä ole oikein syönyt tai nukkunut sen jälkeen, kun äiti lähti.

-Tämä on varmasti kaiken yhteissumma. Katsotaan nyt jonkin aikaa, mihin tämä kääntyy. Hänhän kuvittelee olevansa laivan sairastuvassa, hoitaja kertoo.

Isä istuu huoneessaan. Tärisee.

-Moikka. Miten menee? Kysyn varovasti.

-Ei oikein mene. Hän saa vaikeasti sanottua. Puhuminen on selvästi vaikeaa.

-Onko sulla tupakkaa?

-Joo. Odota, niin autan sut pystyyn.

Isän jalat eivät oikein kanna. Pääsemme tupakkahuoneeseen ja autan häntä saamaan tulen savukkeeseen. Haparoiden hän koittaa löytää tupakan suuhunsa. Ne on perkele antanut rauhoittavia niin, että äijä on ihan sekaisin! Talutan isän takaisin huoneeseen ja etsin hoitajan.

-Isä on ihan pihalla! Eihän se edes pysty puhumaan tai kävelemään!

-Rauhoittavien määrää vähennetään pikkuhiljaa. Muutaman päivän toiminta voi olla vielä heikkoa...

Jätän auton parkkipaikalle ja huokaisen syvään. Kyllä mä selviän tästä.

Isä on viettänyt vajaan viikon Halikossa.

Istumme pihakeinussa.

-Siis eikö siellä ollut mitään joukkoja? Isä katsoo kysyvästi minua.

-Ei. Sä kuvittelit kaiken.

Isä nauraa.

-Jaa. Hyvä sitten. Entä se koiranpentu tänään siellä sängyn alla?

-Ei sekään ollut totta.

-No voi harmi. Se oli tosi kiva. Isä nauraa taas.

-Eikös sun pitäis olla kotona lasten kanssa? Mitä sä täällä teet?

-No tulin kattoo sua tietenkin!

-Ei mua tarvii kattomaan tulla. Mut kiva kun tulit. Sulla on niin pitkä matkakin tänne. Ja lapset tarvii sua kotona.

Taistelen kyyneleitä vastaan. Nousemme ylös ja saatan isän huoneeseen.

-Tää on ihan hyvä laiva, isä kertoo.

-Mä pääsen ihan pian poiskin.

-Pidämme isänne täällä vielä muutaman viikon ja teemme tarkempia muistitestejä. Alustavissa testeissä on huomattu pientä heittoa muistin saralla. Sanoit että olit huomannut jotain muutoksia?

-Isä oli jo ennen äidin lähtöä jotenkin omituinen. Sen käytös oli jotenkin muuttunut. Ja sit se puhui välillä ihan outoja. Äidin lähtö oli tosi vaikea paikka isälle...

-Ne on suuria asioita. 40 vuottahan he olivat yhdessä, eikö? Lääkäri katsoo papereitaan.

-Joo. Eikä isällä ole ystäviä tai sukulaisia täällä päin. Ainahan isä on ollut kusipää, mutta sen lisäksi se on ollut jotenkin arvaamaton. Veljeni ja siskoni asuvat kaukana. Mä olen käynyt katsomassa isää aina kun pystyn, mut mullakin on aika pitkä matka ja omakin perhe.

-Katsotaan jatkoa kun saadaan testien tuloksia.

-Nyt lähdetään sit kotia vai?! Isä kysyy istuen takki päällä sängyn reunalla.

-Et sä ihan vielä pääse kotiin, mut ehkä... ehdin sanoa kun isä nousee ylös ja kävelee huoneensa ovelle.

-Ei kun me lähdetään nyt! Onko selvä! Isä korottaa ääntään ja hoitajat kurkistelevat käytävällä.

-Ei me nyt voida...

-Miksei muka voida?! Tule nyt, mennään!

-Jaa minne sitä nyt? Mieshoitaja kysyy.

-Mä lähen kotia nyt!

-Ei tänään Junnu. Ehkä sit...

-EI KUN MÄ LÄHEN NYT, ONKO SELVÄ?! Isän huutaessa pari muutakin hoitajaa tulee avuksi.

-Sä voit mennä tuolta takaovesta. Siellä on sama koodi kun edessäkin. Hoitaja vinkkaa minulle. Mutta isä pitää minua tiukasti silmällä ja kun yritän livahtaa takaovelle, on isä heti seuraamassa. Hoitajat estelevät isää seuraamasta. Jään paikoilleni.

-Päästetään toi likka hei menemään, jooko. Se ei liity tähän mitenkään. Isä sanoo hoitajalle. Poistun takaovesta taakseni katsomatta. On tää saatanan rankkaa!

-Se oli sellainen sekavuustila. Isä selittää autossa matkalla Halikosta kotiin. Hoitojakso on päättynyt.

-Niin se oli.

-Sellainen voi kuule tulla ihan kenelle vaan. Se on ihan hyvä tietää, että jos alkaa näkyä jotain pikku-ukkoja, niin sit täytyy soittaa apua. Isä jatkaa selitystään.

-Onhan sellainen varmaan aika pe-lottavaa. Vastaan vaisusti.

-Tiedätkö sä mistä sellainen tulee? Se voi kuule tulla siitä, että jos sä oot lapsena pelannut jääkiekkoa tai nyrkkeillyt, niin pää on saanut iskuja.. Niin siitä se sitten tulee!

-Ei se varmaan siitä tule...

-Tulee se! Se lääkäri sano mulle niin. Isä jatkaa väittämistään

-Aha. No kai sekin voi vaikuttaa asiaan. Mutta pärjäätkö sä nyt kotona yksin? Vaihdan aihetta.

-Tottakai pärjään. Miksen pärjäisi? Jos mä rupeen näkee pikku-ukkoja, niin meen vaan makaa sänkyyn ja odotan, että se menee ohi. Isä selittää ihan tosissaan.

-No kuvittele nyt jotain mukavampaa, kuin pikku-ukot. Vaikka lentäviä purjeveneitä! Vitsailen takaisin.

-Niin tosiaan! Miksi sitä pitäs kuvitella jotain ikävää?! Vaikka kauniita perhosia. Isä virnistää.

-Miksi me mennään sinne lääkäriin? Isä kysyy autossa.

-No koska lääkäri käski. Ne tekee sulle Alzheimerin kokeita. Se on se muistisairaus.

-Onhan se hyvä tehdä niin kuin lääkäri sanoo. Kyllä ne tietää mistä puhuvat. Mut eihän se ole siellä hullujenhuoneella? Sinne mä en enää mene!

-Ei ole. Me vaan käydään siellä sairaalassa ja sit mä vien sut kotiin.

-Vois käydä samalla kaupassa. Kyllä mä sulle bensat maksan.

Isältä otetaan selkäydin näyte. Siitä voidaan todeta, jos se on Alzheimerin tautia.

Vaikka testitulos antaakin varmuuden, minä tiedän jo.

Puhelin soi illalla jo kymmenennen kerran. En vastaa enää. Vastasin kyllä ensimmäiset kerrat, mutta kun sieltä ei kuulunut mitään. Isä taas yrittää jotain säätää puhelimen kanssa. Aamulla kun isä taas soittaa, vastaan.

-Mitä sä oot tehny mun puhelimelle? Isä kysyy vihaisena.

-Miten niin? Enhän mä ole mitään tehny.

-Varmasti olet! Tää ei toimi. Sä oot asentanut tähän viruksen!

-Miksi mä niin tekisin? Enhän mä ole edes käynyt siellä!

-Ei sun tarvii käydäkään. Sä oot sen tehny ihan kiusallasi, et mä en voi soittaa! Ilmoja pitkin sä sen saatana laitoit! Onko hyvä nyt hä?!

En kuuntele enempää isän huutamista, vaan laitain puhelimen kiinni. Täytyy käydä siellä katsomassa vaikka huomenna illalla töiden jälkeen. Sitten tunnen, kuinka padot aukeaa, vaikka kuinka yritän ne pitää kasassa. Itken hiljaa keittiössä, kun tyttäreni istuu yllättäen viereeni. Hän kietoo pienet kätensä ympärilleni mitään sanomatta.

-Sori kulta. Mulle vaan tuli vähän paha mieli, kun juttelin papan kanssa. Kyllä tää tästä... Selitän pyyhkien kasvojani.

-Kyl sä voit äiti itkeä, ei se haittaa. Rutistan tyttöä oikein kovasti.

-Tää puhelin toimii ihan hyvin. Ei tässä ole mitään vikaa. Yritän selittää isälle.

-Ei se toimi. Sä oot rikkonut sen. Niin saatana. Mun täytyy saada uusi puhelin.

-Soita vaikka Jannelle, niin se kertoo sulle, että mä en ole asentanut mitään viruksia sun puhelimeen.

-Janne kyllä tietää, se on atk-insi-nööri. Vai onko se jo valmistunut?

-Ei vielä, mut pian. Huokaan syvään. Niin kyllä Janne tietää.

Illalla isä soittaa taas.

-Janne sanoi, että sä et asentanut mitään viruksia tähän. Mut kyllä tässä jotain vikaa on. Välillä kuuluu ihan outojen ihmisten ääniä. Siellä on varmaan linjat sekaisin.

-Aha. No hyvä kuitenkin jos toimii.

-Tää on ihan hyvä puhelin. Pitäs käydä veneellä kattomassa et siellä on kaikki hyvin. Jos lähdet kaveriksi, niin maksan kyllä bensat.

-Joo kyllä mä lähden mut katotaan nyt että koska ehdin. Mä soittelen sit.

-Joo soita vaan. Mut hei, mun pitäs päästä hammaslääkäriin. Mistäköhän mä saisin sen numeron?

-Mä katon sen ja soitan sitten. Mun täytyy nyt mennä tekee ruokaa lapsille.

-Joo, mee tekee ruokaa lapsille. Heippa!

4

-Mun pitäs saada ambulanssi. Minne mä soitan? Isä kysyy puhelimessa.

-Mikä sulla on hätänä? Kysyn huolestuneena.

-Kurkkua puristaa, eikä meinaa henki kulkea, oksettaa.

-Mä soitan sulle apua. Sano, että soittavat sitten mulle, kun ovat siellä.

Soitan äkkiä isälle ambulanssin ja jään odottamaan soittoa.

-Täällä ensihoitaja. Ollaan nyt otettu sydänfilmit ja seurailtu paikan päällä jokin aikaa. Ihan hyvin toi henki näyttäis kulkevan.

-Siis silläkö ei ole mitään hätää vai? Mikä sillä sitten on?

-Laittaisin nämä oireet paniikki-kohtauksen piikkiin. Asuuko isänne yksin?

-Juu, asuu. Hänellä todettiin Alzhei-merin tauti vähän aikaa sitten.

-Ehkä pitäisi miettiä jotain muutosta asumisjärjestelyihin...

-Niin varmaan, kiitos kuitenkin että kävitte. Lopetan puhelun.

-Mitä sä oot syönyt tänään? Kysyn isältä.

-Leipää. Keitätkö kahvia?

-Joo. Mä oon vähän miettinyt, jos täällä rupeis käymään kotisairaan-hoito? Kysyn varovasti.

-Ei tänne tarvii kenenkään tulla! Mitä ne täällä tekee! Isä korottaa ääntään.

-No ne vaan tulis kattoo et sulla on kaikki hyvin ja ruokapalvelu vois tuoda ruuan sulle.

-Ei tarvii. Kyllä mä teen itse omat ruuat!

-No ethän tee! Kyllä se nyt olis hyvä et joku kävisi kattomassa sua välillä! Sanon kiukkuisesti.

-Niin no, olishan se kiva jos joku välillä kävis... Isä myöntyy yllättävän helposti.

-Eli mä soitan ja selvitän sitä.

-Onko Janne tulossa tänne?

-Ei kai. Kuin niin?

-Ei kun ajattelin vaan. Mikä päivä tänään on?

-Lauantai. Haluutko käydä kaupassa?

-Voishan sitä käydä leipää hakemassa ja maitoa. Niin ja rahaa pitäs hakee sieltä.. sieltä.. no siitä seinästä sillä numerolla.

-Ai automaatilta vai?

-No niin just. Oletko sä vielä töissä siellä koulussa?

-Joo oon mä. Vaikka kyllä mä kuvaankin vielä. Oletko sä kuvannut tai kehittänyt mitään kuvia?

-En mä nyt ole viittinyt.

-Sä et ole viittinyt mitään pitkään aikaan! Sanon terävästi.

-Mä oon tehny niin paljon töitä elämässäni. Ei mun tarvii, mua laiskottaa. Isä nauraa.

-Kyl sun pitäis jotain tehdä.

-Mä luen. Eikö se riitä,hä? Ja kyl mä viel kuvaan. Sit kun ehdin...

-Niin kun sulla on niin kiirekin nykyään.

5

-Ne varasti mun lääkkeet saatana! Isä huutaa puhelimeen.

-Niin pitikin! Me sovittiin, että ne antaa sulle lääkkeet aamulla, kun sä et muista ottaa niitä. Muistatko? Selitän tiukasti.

-Ei ole sovittu! Kyllä mä itse osaan ottaa lääkkeeni! Olenhan mä tähänkin asti muistanut! Soita sinne ja sano että tuovat ne takas!

-Isä. Sulla on muistisairaus ja siksi et muista...

-Joo niin on! Mut kyllä mä itse huolehdin mun lääkkeistä! Eikä täällä tarvii kenenkään lihavan muijan käydä kyttäämässä!

-Okei. Selvä. Mä yritän soittaa vaikka huomenna, niin katotaan sitten.

-Ei katota! Tänne ei tule enää ketään!

-Joo,joo... Sä olit kuulemma soittanut taas ambulanssin sinne?

-En mä ole soittanut mihinkään. Tai oli tossa viikko sitten aika paha olo. Tais se käydä joo. Isä muistelee.

-Se oli toissa päivänä. Olit menny siihen naapuriin kuulemma, kun et ollu saanut soitettua?

-Niin joo. Niillä on muuten katto-remontti tulossa. Se katto on niin huonosti... huono kunto, niin.

-Mä tuun torstaina käymään. Sulla on se lääkäriaika silloin.

-Se on hyvä. Torstaina vai? Huomen-nako?

-Ei kun torstaina. Tänään on tiistai. Ylihuomenna.

-Niin torstaina. Hyvä juttu! Kiva kun tuut!

-Muistitestissä, joka tehtiin viimeksi, oli isäsi pisteet tippuneet jokin verran. Lääkäri selittää. Isä istuu vieressä ja näyttää ainakin kuuntelevan.

-Eli mitä nyt sitten seuraavaksi? Kysyn lääkäriltä.

-Mitään parantavaa lääkettä Alzheimerin tautiin ei ole mutta aloitetaan nyt tämä toinen lääke vanhan lääkkeen rinnalle. Se voi hidastaa taudin edistymistä. Tietysti jokainen on yksilö ja taudin etenemisenkin on yksilöllistä. Sosiaaliset suhteet ovat erittäin tärkeät. Niitä pitäisi olla useita. Lääkäri selittää.

-Isä ei kyllä käy missään. Se vaan makaa kotona ja lukee. Ymmärsitkö sä iskä? Käännyn isän puoleen.

-Joo en. Siis mitä se sano? Isä kysyy.

-Et sun tarvii syödä semmosta toista lääkettä siihen muistisairauteen.

-Selvä. Jos niin käsketään. Kuule ei sitä töissäkään kyselty. Jos sanottiin että...että...no...et... Isä etsii sanoja ja esittää kiipeämistä.

-Kiivetä? Kokeilen auttaa.

-Niin että kiipee mastoon, niin sit kiivetään. Ei sitä vastaan voi sanoo. Isä nauraa.

-Niinhän se on. Lääkäri sanoo isälle lempeästi.

-Isä nyt mennään. Tule. Autan takin isän päälle.

-Aina noi naiset on menossa. Näkemiin! Isä sanoo ja painaa lakin päähänsä.

-Se yrittää varastaa mun...no sen missä on niitä...niitä ruutuja? Mikä on tehty tilkuista? Isä hakee sanoja.

-Tilkkutäkki? Yritän auttaa.

-Niin tilkkutäkki. Joka laitetaan pedin päälle.

-Kuka? Ei varmasti yritä.

-Joo, joo! Se nainen, joka käy täällä. Se lihava. Kehui sitä!

-Ei se tarkoita että... En jaksakaan jatkaa loppuun. Ajetaanko ne sun hiukset nyt?

-Hyvä olis joo.

Isä istuu tuoliin ja ottaa kuulo-laitteen pois. Ajelen hiuksia koneel-la. Voi kuinka vanhalta ja hauraalta isä näyttääkään. Täytti just 69v. Eihän se ole edes vanha.

-Rakastan sinua isä. Sanon hänen selkänsä takaa. En ole varmaan ikinä ennen sanonut sitä ääneen. Silitän vielä hetken hänen päälakeaan ja taputan sitten olalle sen merkiksi että valmista tuli.

-Mikä tää palanut kattila on? Kallistan kattilaa isään päin.

-Mä keitin perunoita. Ne tais vähän unohtua, kauaksi. Isä selittää.

-Miksi sä keität perunaa kun sulle tuodaan valmis ruoka?

-Oli nälkä! Teki mieli perunaa.

-Sä et sais käyttää levyjä kun et muista niitä sammuttaa. Sanon tiukasti.

-Välillä unohtuu asiat...

-Ei se mitään. Eihän sitä tarvii kaikkee muistaakaan. Sanon lempeämmin ja istun isän viereen.

-Ei ainakaan niitä huonoja. Ne vois unohtaa kaikki! Isä irvistää tuttuun tapaan.

-Niinpä! Pääsee paljon helpommalla, kun ei kaikkea muista. Mennessäni otan lieden sulakkeet pois päältä.

7

Välillä on parempia päiviä, välillä huonompia. Tänään on huonompi päivä.

Ensimmäinen intervalli hoitojakso vanhainkodissa alkaa tänään. Kolme päivää. Isä ei oikeastaan pysty tänään puhumaan mitään. Yksittäisiä sanoja, joissa ei ole järkeä. Saan tavarat pakattua ja isän puettua.

-Onko sulla...? Isä kysyy

-Tupakkaako?

Isä nyökkää ja istuu terassille. Annan tupakan ja istun vastapäätä. Siinä sitten istumme hiljaa ja poltamme tupakkia.

-Tää...ei...ymmm. Isä yrittää katsoo minuun ja kohauttaa harteitaan. Huomaan hänen katseensa kiinnittyvän kiharaani ja ilme silmissä muuttuu. Siellä jossain on vielä isä. Isän silmät kostuvat ja ovat äkkiä niin tutut. Nyökkään ja pyyhin kyyneleeni.

-Tiedän isä, sanon hiljaa. Niinpä me istumme hiljaisuudessa vielä hetken.

-Pelottaa. Isä sanoo kun ollaan perillä. Katto on matalla ja käytävät ahtaita. Eikö ne suunnittelijat yhtään ajattele minkälaisista asunnoista nämä vanhukset tulevat.

-Tää on ihan kiva paikka. Sä saat vähän seuraa ympärillesi. Selitän varmasti, vaikka paikka on minustakin aika pelottava.

-Mä haluun kotiin. Isä pyytää.

-Vaan pari päivää. Sanon enemmän itselleni kuin isälle. Estän itseni nappaamasta isää syliin ja ryntäämästä ulos karkuun. Vain pari päivää. Ja onhan isä ainakin turvassa. Ne muut hoitojaksot ainakin peruutan. Täytyy löytyä joku muu paikka. Jätän isän istumaan sängylle ja poistun huomaamattomasti huoneesta. Parkkipaikalla sytytän tupakan tärisevin käsin. En tiedä kauan-

ko enää jaksan. Isä kuolee mieles-
säni aina uudestaan ja uudestaan.
Joka kerta kun näemme. Tämä mies
ei ole isäni ja sitten toisaalta on.

8

-Kuulo...saakeli ei toimi, rikki. En mä
mitään kuule. Tää puhelinkin, ei
kuulu mitään... isä jatkaa epä-
määrästä puhetta puhelimeen. Ihan
turha huutaa mitään. Sillä ei siis
kuulolaite toimi. Tai siis toimii var-
maan, mutta ei ole muistanut laittaa
sitä päähän. Soitan siis kotisai-
raanhoitoon.

-Ei sillä tänään ollut laitetta päässä.
Eivät olleet löytäneet sitä mistään
eilen. Täti selittää puhelimessa.

-Eli se ei ole kuullut eilenkään mi-
tään?

-Ei sit varmaan. Minä en käynyt siellä eilen, mutta kuulin että laite olis hukassa.

-No mä yritän etsiä sitä kun käyn huomenna siellä. Miten teillä on muuten menny isän kanssa?

-Ihan se siinä. Paniikkikohtauksia on ollut jonkin verran, mut rauhottava kyllä auttaa siihen. Ja onhan toi isäs välillä aika pahalla päällä, eikä oikeen suihkussa suostu käymään. Mut yleisesti ihan hyvin.

Astun eteiseen. Ihan hiljaista. Näen eteisestä isän jalat kun se makaa sohvalla. Kuulostelen paikoillani. Ei mitään. Jos se onkin kuollut? Niin, se on yksi vaihtoehto. Seison edelleen paikoillani ja mietin. Isä kääntää kylkeä. Osa minusta on pettynyt.

Sen jälkeen kun kuulolaite on löytynyt kiedottuna sanomalehteen kirjahyllystä, aloitan siivoamisen. Isä yrittää kyllä sanoa jotain, ettei muka tarviis, mutta ei laita hanttiin vaikka kaivankin imurin kaapista. Siivouksen jälkeen patistan isän suihkuun.

-ja sit paita. Autan puhtaat vaatteet isälle päälle.

-Toi.. toi... Isä näyttää olkaapäätä.

-Olkapääkö?

-Niin se. Se on kipee. Auta vähän.

Isä pitää vain farkkuja. Yritän tarjota verkkareita mut ei hän semmosia vanhojen miesten housuja pidä. Farkut ovat jo ihan rikkinäiset. Täytyy käydä ostamassa uusia vaatteita isälle. Se on vähän lihonutkin kun on ruvennut syömään kunnon ruokaa joka päivä.

-Autanko mä sen vyön kanssa? Isä nyökkää ja laitan vyön kiinni. Isälle se ei kelpaa vaan hän tuhertaa sen kanssa vielä pitkän tovin ennenkuin on tyytyväinen.

-Mun täytyy nyt mennä. Lapset odottaa.

-Ai joko sä meet? Niin lapset tarvii sua. Aja sit varovasti.

-Hei odota. Isä huutaa kun olen jo ovella. Mä tarttisin rahaa. Mut mikä se numero on?

-Mihin sä nyt rahaa tarviit?

-No enhän mä sit oikeestaan...anna yksi tupakka. Isä virnistää.

-Mut sähän oot lopettanut!

-Niin yksi. Tekee niin mieli. Jään ulos istumaan isän kaveriksi vielä tupakan ajaksi. Katsellaan vaan ja ollaan.

-Etkö sä pysy pystyssä? Kysyn tarttuen isän käsivarresta kiinni.

-Meni niin päähän toi...

-Tupakka meni päähän vai?

-Joo. Ihan heittää vaan. Isä nauraa.

-Mut mä meen nyt. Mene nyt sisään äläkä lähe mihinkään.

-joo... mut mikä se numero oli? Isä kysyy.

-Et sä tarvii sitä nyt. Sanon tiukasti.

-Niin, en mä tarviikkaan. Moikka. Isä heilauttaa kättään. Odotan kunnes hän on mennyt takaisin sisään. Olen taas tosi väsynyt. Isän luona vierailut imee musta kaikki mehut. Ja tunnen syyllisyyttä siitä että taas lähdin niin pian. Mutta matkaankin menee yli puoli tuntia ja lapset odottaa nälkäisinä. Vaikka voisinhan mä käydä useamminkin mutta kun aina tulee niin ikävä olo, niin...

9

-Mä nyt soitan sulle vaikka et säkään varmaan voi mitään tehdä mutta... Kotisairaanhoito soittaa illalla yhdeksältä.

-Niin kun mä olen jo jonkin aikaa huudellut ja koputellut makuuhuoneen oveen. Eli isänne on laittanut oven lukkoon, eikä sitä saa auki täältä ulkopuolelta. Nainen on selvästi neuvoton.

-Antakaa sen sitten olla. Jos se vaikka haluaa olla rauhassa. Sä oot yrittänyt parhaasi. Ei voi mitään. Rauhoittelen puhelimitse.

-Ei sieltä ainakaan kuulu mitään. Kai sillä kaikki on ihan hyvin...

-On sillä. Se varmasti nukkuu jo.

-No jos sä olet sitä mieltä...

-Joo olen. Lähde kotiin vaan. Sanon reippaasti. Kotisairaanhoito on ollut aivan uskomattoman hyvä kokemus meillä. Ne ovat hoitaneet asiansa hienosti ja jaksaneet isän huonotkin päivät. Ne käyvät nyt neljä kertaa päivässä ja kirjaavat kuulumiset kalenteriin joka käynniltä josta voin lukea mitä on tapahtunut. Vaikka aikaa käynneillä on vähän ja henkilökunnan vaihtuvuus on suuri, niin silti olen kyllä positiivisesti yllättynyt. Aina kun kuulee niitä kamalia juttuja. Kauppalista tehdään aina isän kanssa yhdessä ja tavarat toimitetaan maanaitaisin. Oli kiva lukea eräänä päivänä kalenterista

että Junnun jätskit ovat henkilö-
kunnan omassa pakkasessa ja sieltä
voi tuoda aina välillä puikon
tullessaan. Yleensä kauppalistaan
kuului myös pullat tai suklaa. Ja
korissa on aina hedelmiä.

10

-Täältä naapurista moi. Junnu on
täällä. On sillä nippu avaimia
mukana, mut mikään ei sovi oveen.
Isän naapuri soitti eräänä iltana.

-Hyvä että on siellä turvassa. Voitko
pitää sen siellä, niin mä soitan
kotihoitoon. Tulevat hakemaan Jun-
nun kotiinsa.

-Joo me pidetään. Keitettiin tossa
kahvit, kun oli jo vähän Junnu kyl-
missään. Naapuri kertoo.

-Kiitos paljon. Mä soitan sinne kotihoitoon, tulevat varmaan ihan heti. Nyt se sitten oli tapahtunut. Tähän asti isä oli sentään pysynyt sisällä talossa. Soitan kotisairaanhoitoon ja heti lähti nainen isää hakemaan.

-Kotona ollaan taas. Hoitaja soittaa vielä myöhemmin.

-Minneköhän se oli menossa? Kysyn ihmeissäni.

-Roskia viemään kuulemma. Roskapussi oli kyllä ihan paikoillaan. Ihan rauhallinen isänne on. Laitettiin vielä vähän teetä, kun oli hiukan kylmissään.

Kahden viikon päästä sama toistui. Hoitajat olivat sitä mieltä, ettei isä enää pärjännyt yksin... Ja eräänä päivänä töissä ollessani puhelin soi.

-Asumiskordinaattori tässä hei. Olemme nyt saaneet isällenne paikan muistiyksiköstä. Nainen selitti vielä jotain pitkään, mutta en kuullut enää mitään. Päässä jyskytti.

-Tota, multa meni vähän ohi. Sain viimein sanottua.

-Siis isällenne on paikka vanhain-kodissa? Miten? Milloin? Missä? Tai siis.. miten nyt jo?

-Kotisairaanhoito on ilmaissut huo-lensa siitä, että isänne ei pärjää enää kotona ja nyt kun on ollut näitä kotoa poistumisiakin. Eli tämä paikka on Turussa muistisairaiden yksikössä, palvelutalossa. Paikka va-pautui äskettäin ja se on varattu nyt isällenne.

Aai niinkuin koska? Koska tämä pitää päättää?

-Ihan heti voi mennä. Siellä on huone vapaana. Ei näitä paikkoja paljon vapaudu. Kyllä tämä paikka sit menee nopeasti.

-Juu en mä sitä. Tää vaan tuli niin äkkiä. Niin, kai se on parasta. Pääseekö sinne käymään ja katsomaan? Nainen antaa minulle numeron ja osoitteen. Lopetan puhelun. Tunteeni ovat ihan sekaisin. Toisaalta olen iloinen, toisaalta niin murtunut. En koskaan kuvitellut että laittaisin oman isäni laitokseen. Käyn mielessäni läpi muita vaihtoehtoja. Pähkäilen samoja asioita, joita olen punninnut jo aikaisemmin. Tiedän, ettei muuta ratkaisua ole. Isä tulee varmasti vihaamaan minua. Niin kuin minäkin.

-Meillä on täällä paljon kaikenlaista toimintaa.

Hoitaja kierrättää minua yhteisissä tiloissa. Käytäviä on vähän ja seinillä on vanhoja valokuvia. Yhteisissä tiloissa on ruokailu ja televisio nurkkaus. Siellä täällä istuu muutamia vanhuksia, jotka näyttävät pirteiltä. He tutkailevat minua kiinnostuneena. Jokaisella asukkaalla on oma huoneensa.

 -Meillä on täällä oma keittiö ja ruoka on hyvää. Syökö Isänne itse? Hoitaja kysyy.

-Kyllä syö. Mutta välillä ei oikein tunnu maistuvan. Montako potilasta teillä täällä on?

-ASUKASTA. Tämä on PALVELUTALO ja meillä on 15 asukasta täällä muistisairaiden puolella. No, miltäs näyttää? Koska isänne sitten tulee?

Hoitaja selvästikin painottaa sanaa palvelutalo.

-Noi omat huoneet on aika tilavat. Sinne voi kai sitten tuoda omia huonekaluja?

-Juu ilman muuta. Ja myös kaikkea sellaista mitä arvelette isänne kaipaavan. Tässä on muutamia täytettäviä lappuja ja sitten siinä on myös kysely isänne elämästä. Vähän historiaa, elämänkatsomusta, suku- laissuhteet ja hänen ajatuksistaan yleensä. Näin vähän tiedämme, kuka hän on. Miten se tulopäivä sitten?

-Jos vaikka loppuviikosta? Yritän saada veljeni tuomaan isän. Tämä on aika vaikea paikka minulle... Enkä usko että isä tulee suosiolla.

-Niinhän tällaiset tilanteet yleensä läheisille ovat. On ehkä parempi, ettei kerro isälle, minne ollaan menossa. Monet tulevat muka vaan käymään tai sitten lääkäriin. Niin pääsee vähän helpommalla.

-Ja isä on muutenkin aika vaikea tapaus. Sitä ei kannata pakottaa mihinkään tuolijumppaan tai laulu-hetkeen. Se on vähän sellainen erakkoluonne. Sanon varovasti.

-Ei meillä pakoteta mihinkään. Tar-jotaan vaihtoehtoa tulla mukaan, jos haluaa, mutta mikään pakko ei ole. Hoitaja sanoo reippaasti.

Paikkana palvelutalo on varmasti ihan hyvä. Se vaan kun ei ole isän oma koti. Mutta ei kai tässä muu-takaan vaihtoehtoa ole.

11

Seison isän talon eteisessä. Talossa ei ole ketään. Olen asunut täällä joskus yli kymmenen vuotta. Paljon asioita ovat nämäkin seinät nähneet.

-Tuo kirjahylly lähtee myös mukaan ja valokuvia pitää myös ottaa. Puhun yksinäni. Kirjojen välistä tippuu paperi. Padot aukeavat taas, kun luen sen. Se on rakkauskirje äidille. Se on kirjoitettu jonkun riidan jälkeen selvästikin, koska siinä isä todistelee rakkauttaan ja kertoo kuinka tärkeä äiti on. En usko että isä on koskaan rakastanut ketään muuta. Kun äiti sitten vihdoin sai tarpeekseen ja lähti, ei isä sitä kai kestänyt. Kerään pinoon samoilla itkuilla vanhoja valokuvia. Yöpöydän laatikosta löytyy keittiöveitsi.

-Mites isällä on mennyt? Kysyn hoitajalta.

-Oikein hyvin. On syönyt hyvin ja nukkunut pitkään. Me kun ei täällä asukkaita herätellä vaan he saavat nukkua pitkään jos nukuttaa.

-Onko isä ollut vihainen tai agressiivinen?

-Ei ollenkaan! Ollaan annettu hänen olla omissa oloissaan, mutta ei hän juurikaan omassa huoneessaan ole ollut. Kyllä hän aina tänne muiden joukkoon tulee istumaan.

-Ai jaa. No sehän on hyvä. Olin kyllä ajatellut, ettei ihan näin hyvin mene, sanon ihmeissäni.

-Voihan se olla, että näiden ensimmäisten päivien jälkeen tulee protestointia, muttei nyt vielä ainakaan ole ollut mitään.

Viikon päästä soi puhelin.

-Isänne haluaisi jutella, joten sopiiko jos annan puhelimen hänelle? Hoitaja kysyy.

-Sopii se. Mitäköhän se haluaa?

-Onko se Tanja vai? Junnu täällä.

-Joo olen minä täällä. Mitä kuuluu?

-Mää sitä vaan, kun pitäs saada rahaa. Ja sit pitäs saada juna-aika-taulut. Onko sulla aikataulut?

-Mihin sä oot menossa?

-No Vaasaan tietysti! Ja siskolle pitäs soittaa, et tulee asemalle vastaan.

-Miksi sä nyt Vaasaan menisit? Kysyn ihmeissäni ja samalla iloisena koska en ole kuullut isän puhuvan kokonaisilla lauseilla pitkiin aikoihin. Ja hän kuulostaa aika järkevältäkin.

-No mä asun siellä! Isä nauraa. Viimeiset melkein 30 vuotta isä on asunut Kaarinassa.

-Niin,niin. No kello on nyt niin paljon, ettei junia enää mene. Katsotaan sitten huomenna niitä aikatauluja, vastaan tuntien suurta väsymystä.

Palvelutalossa on omaisten ilta. Olen flunssassa, mutta lähden silti, ettei isän tarvitse olla siellä ainoa jolla ei ole omaisia. Hiukan myöhässä hiivin varovasti saliin joka on jo täynnä. Vedän itselleni tuolin isän viereen. Isä istuu pöydän vieressä, hiljaa kädet sylissä. Silitän hiukan hänen käsivarttaan. Hetken katsottuaan minua, nousee isän kasvoille hymy.

-Joko mennään? Isä kysyy.

-Ei vielä, kuunnellaan ensin kun toi mies soittaa haitaria. Vastaan iloisesti. Olen päättänyt hoitaa tämän homman kunnialla. Jos vaan olisin tiennyt mitä oli tulossa! Hanuristi aloitti yhteislauluillan kappaleella Satumaa. Katselin seiniä ja yritin ajatella työjuttuja. Ja selvisinkin. Jes, hyvä minä! Seuraavan kappaleen pohjustusta kuunnellessa ajattelin, että ei kai vaan. Ei Kotkan ruusua! Isän yksi lempikappaleista. Isä vaan istui rauhallisena paikallaan. Yritin kyllä kaikkeni, mutta kesken kappaleen oli pakko lähteä pois. Kaikki tunteet oli niin pinnassa vaan. Karkasin isän huoneeseen ja annoin itkun tulla. Oikein vollotin yksinäni. Olin niin pahoillani isän puolesta. Halusin sen paskiaisen takaisin. Se saisi huutaa ja kirota. Tehdä ihan mitä tahansa muuta, kuin istua vaan rauhallisena paikallaan! Ei tän näin pitänyt mennä. Kaksi ja puoli vuotta on nyt ehtinyt kulua diagnoosista. Tauti on edennyt vauhdilla. Laulut jatkuu. Itkettyäni ja kirottuani kokoan itseni, pesen naaman kylmällä vedellä ja palaan paikalleni. Isä on tuskin edes huomannut poistumista. Lopun aikaa kaikki sujuu hyvin. Paitsi että isän vieressä istuu vanha nainen, joka hokee lakkaamatta kirosanoja ja liikehtii levottomasti. Välillä nainen hipaisee isän kättä. Pelkään isän pian räjähtävän.

-Tuollainen ei ole kovin fiksua puhetta. Isä sanoo aivan rauhallisena kääntyneenä naiseen päin.

-Ei soita kovin hyvin tuo mies. Isä sanoo minulle. Lauluhetken jälkeen minulle selviää, että jankkaava nainen istuu usein isäni vieressä, koska isä on ainut asukkaista, joka kestää sitä. Toiselta puolen pöytää joku käskee naista olemaan hiljaa. Ilman mitään vaikutusta. Siinä alkaa osa asukkaista hermostumaan ja hoitajat tulevat rauhoittelemaan. Isä vaan istuu hiljaa ja syö eteemme tuotua iltapalaa.

-Sulla on varmaan aika pitkä matka tulla tänne? Miksi sä tulit? Isä kysyy myöhemmin tupakalla.

-No tulin kattoo sua tietysti. Näen hetken pienen pilkahduksen isän silmissä.

-Mä pääsen täältä kolmen viikon päästä pois, eikö? Isä katsoo minua suoraan silmiin ja hänen katseestaan näen, että hän tietää kyllä totuuden.

-Niin varmaan joo. Mennään sisään nyt. Sanon nopeasti ja hetki menee taas ohitse.

Saan joka kuukausi palvelutalosta kirjeen, jossa kerrotaan kuulumiset. Isä on nyt asunut siellä neljä kuukautta ja aina raporteissa on ollut samat lauseet. Kaikki hyvin, nukkuu hyvin, syö hyvin, osallistuu ja viihtyy hyvin. Välillä kaipailee kotiinsa, mutta muuten on rauhallinen, hoitomyönteinen ja mukava mies. En tiedä, ketä he siellä hoitavat, mutta omaa isääni en niistä tunnista. En tiennyt, että voisin kaivata näin kamalasti sitä kusipää isää. En halua mennä katsomaan palvelutaloon. Odotan, että joku päivä puhelin soisi ja kuulisin isän päässeen pois. Toivottavasti se ei kestä vuosia. Vaikka voihan se pirulainen kituuttaa täällä vielä vaikka 20 vuotta. Haluaisin säilyttää sen muiston isästä, mikä minulla on ja päästä jo tekemään surutyötä...

En ole halunnut loukata ketään kirjoituksellani tai aiheuttaa pahaa mieltä. Halusin kirjoittaa omalla nimelläni asioista, niin kuin minä ne muistan ja koen. Ja tein sen siksi, että sinä, joka luit tämän, tiedät että asiat ovat totta ja tapahtuneet enkä minä häpeä mitään. En ajatuksiani, tunteitani tai sanojani.